閱讀123

國家圖書館出版品預行編目資料

屁屁超人與錯字大師和跳跳娃／林哲璋 文；BO2 圖 -- 第一版. -- 臺北市：親子天下, 2019.01
124 面； 14.8x21公分. --（閱讀123：74） ISBN 978-957-503-223-4（平裝）
859.6 107021252

閱讀 123 系列 —— 074

屁屁超人與錯字大師和跳跳娃

作者｜林哲璋
繪者｜BO2
責任編輯｜劉握瑜
特約編輯｜游嘉惠
美術設計｜杜皮皮
行銷企劃｜王予農、林思妤

天下雜誌群創辦人｜殷允芃
董事長兼執行長｜何琦瑜
媒體暨產品事業群
總經理｜游玉雪 副總經理｜林彥傑
總編輯｜林欣靜 資深主編｜蔡忠琦 版權主任｜何晨瑋、黃微真

出版者｜親子天下股份有限公司
地址｜台北市 104 建國北路一段 96 號 4 樓
電話｜（02）2509-2800 傳真｜（02）2509-2462
網址｜ www.parenting.com.tw
讀者服務專線｜（02）2662-0332 週一～週五：09:00~17:30
讀者服務傳真｜（02）2662-6048
客服信箱｜ parenting@cw.com.tw

法律顧問｜台英國際商務法律事務所‧羅明通律師
製版印刷｜中原造像股份有限公司
總經銷｜大和圖書有限公司 電話：（02）8990-2588

出版日期｜ 2019 年 1 月第一版第一次印行
2023 年 6 月第一版第十四次印行

定價｜ 260 元
書號｜ BKKCD115P
ISBN ｜ 978-957-503-223-4（平裝）

訂購服務
親子天下 Shopping ｜ shopping.parenting.com.tw
海外．大量訂購｜ parenting@cw.com.tw
書香花園｜台北市建國北路二段 6 巷 11 號 電話（02）2506-1635
劃撥帳號｜ 50331356 親子天下股份有限公司

立即購買 >
有聲故事書

屁屁超人與錯字大師和跳跳娃

文 林哲瑋　圖 BO2

人物介紹

屁屁超人

由於從小愛吃神奇番薯，讓他擁有超乎常人的放屁超能力，時常使用「超人屁」來行俠仗義。

直升機神犬

神祕小學的校犬，也是屁屁超人的好幫手，有一條轉不停的螺旋槳尾巴，能像直升機一樣飛上天空，還能放出沖天「狗臭屁」。

神祕校長

神祕小學的校長，喜歡偷學小朋友的超能力，常常用來做壞事，弄得老師常嘆氣，害得學生想哭泣，但是下場總是慘兮兮，所以直升機神犬常常送他去就醫。

錯字大師

新轉來的轉學生。他的特色就是經常寫錯字，不過，很神祕的一件事就是不管錯字大師寫錯什麼，最後都會莫名其妙的成為真實事件。

跳跳娃

新轉來的轉學生，他有神奇的彈跳力，總是跳來跳去跳不停。神祕校長對他的彈跳超能力有高度興趣。

人物介紹

哈欠俠

神祕班的班長，能打出神奇的大哈欠，就像巨無霸吸塵器，能一口氣將眼前的東西統統吸過去。

淚人兒

從一出生就很愛哭，擁有「眼淚流成大洪水」的超能力，常讓學校泡在水裡。

冷笑話專家

愛說冷笑話，具有神奇又酷斃的結冰超能力。後來升級進化成「屁的哲學家」。

平凡人
科學小組

一群沒有超能力，卻有創造力的小朋友，常常跑圖書館充實課外的知識，發明新奇的東西，用來幫助屁屁超人拯救師生，主持正義。

吐大氣老師

神祕班的代課老師，擁有嘆氣超能力，只要輕輕一嘆氣，就能吐出強烈旋風，什麼都能吹得一乾二淨。

校長夫人

神祕校長的太太，也是校長的超級剋星，她一進學校，校長就怕得像老鼠見到貓。

目次

將錯就錯的老師

跳來跳去的學生

這學期，屁屁超人依舊善用他的超能力為師生服務，無論是追氣球、撿羽毛球，還是薰蚊子、除蟑螂，屁屁超人總是有求必應，為校園的完善和環境的衛生貢獻心力。

屁屁超人的好助手「直升機神犬」也出了不少力、幫了許多忙，牠甚至報名了訓練課程，順利成為狗醫生、犬助教，陪伴小學部、幼兒園的小朋友度過不少快樂時光。

ABC
@#

神祕校長最近打聽到隔壁鄉鎮有位神奇的小朋友，他喜歡跳來跳去，不但距離跳得又高又遠，時間還跳得又長又久……靠著這項特異功能，他獲得了無數跳遠獎牌，奪下了所有跳高獎杯。

神祕校長認為若能「爭取」到這位超能力小朋友前來就讀，不但可以偷學他的超能力，還能幫學校爭光，實在是一石二鳥、一箭雙雕、一舉兩得的好主意！

校長相中的小朋友名叫「跳跳娃」，他從小娃娃時期就很會「跳」了（據他媽媽表示：「跳跳娃」在她肚子裡就已經早跳、晚跳、天天跳……），所以大家都叫他「跳跳娃」。

轉來神祕小學的第一天，「跳跳娃」從家裡跳到校門口，又從校門口跳進校長室，再從校長室跳入神祕班。

「跳跳娃」跳上講臺自我介紹：「大家好，我是『跳跳娃』，我最喜歡跳來跳去，不管是跳高、跳遠、立定跳、撐

竿跳，我的成績一直都是三級跳……」

跳跳娃無論是自我介紹或是回答問題都一直跳、一直跳……跳到同學和老師頭都暈了，連忙叫他回座。

然而，跳跳娃回到座位上還是一直跳！

導師「吐大氣老師」只能默默嘆了一口長長的氣，繼續上他的課。

神祕班的小朋友早已習慣同學身上的各種怪癖、超能力，對跳跳娃也就見怪不怪了。

只是，自從「跳跳娃」來到神祕小學之後，屁屁超人行善的機會變少了。原本屁屁超人最常幫同學撿回卡在樹上的羽毛球；可是跳跳娃轉來了之後，有些同學轉而拜託跳跳娃跳上樹去撿；跳跳娃實在太會跳了，他輕鬆一跳就能完成任務，連離手的氣球、失控的飛盤，他都能一跳追回。最重要的是：跳跳娃行善過程中不會產生臭「屁」味副作用——這對於被幫助的小朋友來說，實在是一大福音。

跳跳娃來了以後，屁屁超人的「羽毛球救援任務、升空氣球降落任務」少了很多，下課時間常待在教室和直升機神犬兩個大眼瞪小眼，無所事事，心中悶悶。

有一節下課，屁屁超人的救援任務臨時多了起來——

原來是神祕校長把「跳跳娃」找去了……

「跳跳娃，你在學校適應得還好嗎？」神祕校長故意裝熟、假裝寒暄。

「很好呀！我一天到晚跳個不停，非但沒有人罵我，還有很多人感謝我呢！」跳跳娃回答時還是一直跳！

神祕校長的頭跟著「跳跳娃」跳躍的節奏一上一下，他心想：「如果我也能一直跳，校長夫人拿出雞毛撢子修理我的時候，我就可以跳來跳去，避開她的攻擊……」

跳上跳下的校長

放學後，神祕校長前往「跳跳娃」家中訪問，目的是要調查跳跳娃超能力的祕密。

「令公子的超能力是怎麼練成的呢？」

跳跳娃的爸爸說：

「他從小喜歡在我的肚子上跳來跳去，又習慣在床鋪上蹦來蹦去。

我為了滿足他的興趣，

特地買了運動彈簧床
讓他跳個過癮，
跳出個人特色、
跳成鄉里奇聞……
我想，多運動身體就好，
身體好頭腦就棒，
我期待他現在當小孩念書跳三級，
將來當大人升官三級跳！」

校長聽到「升官三級跳」，馬上眼睛一亮，立刻回家練習！他不但把房間的床墊跳壞，也把買來的體操彈簧床跳破，最後他向全校師生宣布：今年的園遊會，學校要租用「充氣式遊樂場」！

學生都很高興，沒人知道校長的目的是想讓自己好好跳個夠。

校長想到「跳跳娃」用跳的就能超越屁屁超人的「超人屁」，如果他能學好這項超能力，不必怕雪茄火花引發臭屁大爆炸，害自己火燒屁股——實在是安全又方便、好玩又有趣。因此，校長決定充分利用充氣式遊樂場，幫助自己練成超級彈跳力。

太棒了！
我一定要練成
跳跳超能力！

學生不知道神祕校長的用意，只覺得園遊會裡有充氣式遊樂器材是一件很酷的事。

屁屁超人雖然被「跳跳娃」搶去了不少的表現機會，卻因此賺到了大量的休息時間，一點都不覺得嫉妒，反而有點感謝。

有一次，屁屁超人在教室裡閒得發慌，突然有小朋友跑來求救：「快，屁屁超人，快來幫忙，跳跳娃他……他……」

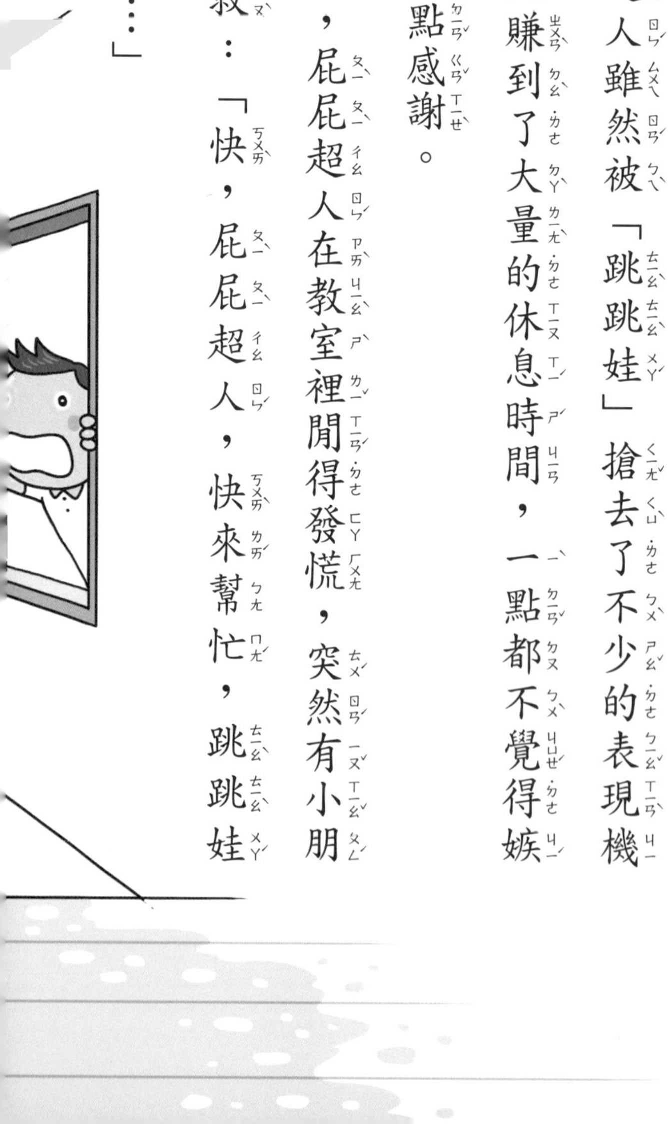

「跳跳娃怎麼啦？」被拉出教室的屁屁超人一邊跑，一邊問。

「跳跳娃這一次跳得太用力，卡在樹枝上啦！」小朋友上氣不接下氣的說。

「什麼？事不宜遲，你快摀住鼻子……」屁屁超人話還沒說完，就鼓起臉頰、撅起屁股，大喊一聲：

「呵！急速超人屁！」

「噗噗噗……轟轟轟！」屁屁超人一「屁」呵成，

「咻」的一聲飛向操場邊的大樹，
救下卡在樹枝上的
「跳跳娃」。

「謝謝你，
屁屁超人！」

跳跳娃落地時
捏著鼻子，
還是一直跳。

「不客氣，應該的，跳跳娃！」

屁屁超人很高興自己能幫上忙。

因為這件事，屁屁超人和跳跳娃成了好朋友，他們一起在校園裡合作做善事、幫同學。

有一次，淚人兒因為被校長罵，覺得委屈，忍不住哭了出來，她一哭學校就淹起了淚洪水、變成了淚汪洋……

屁屁超人照例和直升機神犬起飛救援大家，跳跳娃也自告奮勇，展現跳水的天分、秀出跳遠的能力，他從走廊一躍而下，「噗通」入水，背起不會游泳、忘了帶游泳圈的小朋友，把浮在水面上的老師和校長當作跳板，「咚！咚！咚」三級跳就把人救上屋頂。

校長在淚洪水來襲時，見到了跳跳娃跳水的英姿，目睹了跳跳娃救人的善行，加深了他學好跳跳功的意志：「跳跳娃入水的姿勢和跳水選手一樣帥，要是我能把這種超能力學會，校長夫人一定會愛死我……」

為了獲得跳跳超能力，校長催促廠商趕快進校園安置充氣式遊樂場。

離園遊會還有好幾天，廠商就把充氣式的城堡、迷宮、泳池、滑水道、溜滑

梯、足球場等裝備設置好了，其中還有很多闖關的關卡。

神祕小學的小學生看了都很興奮，全都熱切期待著園遊會那天的到來。

可是，廠商布置好充氣式遊樂場的隔天，學生們就發現充氣式遊樂場漏氣、消風了，場地上只剩下一大團塑膠布。

「到底是誰做的好事？」神祕校長一邊蹦跳跳，一邊氣呼呼的問全校師生。

「是小偷幹的？」

「是小貓抓的？」

「是小朋友弄壞的？」

學生猜來猜去，老師問東問西，校長疑神疑鬼。

雖然校長很火大，卻也沒辦法，他還是得打電話請廠商來修理。

廠商忙了一整天，重新把充氣式遊樂場架起來。

隔天一早，遊樂場又漏氣了。

「我不是禁止小朋友去玩嗎？」校長氣急敗壞的邊跳邊說。

「校長，你沒憑沒據，怎麼可以說是小朋友弄壞的？」屁屁超人向校長抗議——不可以隨便誣賴人！

「因為，說小朋友弄壞的，大家就不會懷疑是我弄壞的啦！」校長每天練跳，連腦子也跟著跳，他的想法成了跳躍性的思考，他的回應成了無厘頭的答案。

校長又把廠商找來，廠商再度修好充氣式遊樂場。

結果，隔天，遊樂場又破了，灌的氣又消了。

校長憤怒極了，學生冤枉透了。

校長威脅老師立刻把凶手抓出來，否則園遊會就要取消充氣式遊樂場的項目。

老師和學生都覺得好傷心，家長和居民都認為太可惜。於是「平凡人科學小組」出馬了，家中販賣監視器的小組成員，回家借來了設備，裝上監視攝影機。

隔天一大早，大家把監視器的檔案拿來播放，結果發現校長下班後巡視時，自己爬上充氣式遊樂場，在上面跳了又跳、蹦了又蹦！

校長一走，充氣式遊樂場的氣就慢慢消下去。

大家把影片拿給校長看，校長不承認他就是破壞者。

「我只是去巡視，看看有沒有小偷！我在上面跳是為了檢查廠商有沒有裝好遊樂場。而且我離開的時候，遊樂場還鼓鼓的，根本沒消風！」

「校長，請問您跳上遊樂場之前，為什麼要換鞋子？」科學小組成員指著監視錄影畫面問。

「那是因為我怕腳滑，所以先換上了釘鞋！」校長理直氣壯、義正詞嚴。

「什麼……」

跳跳娃聽了校長的回答，大吃一驚，他追問：

「您說您把房間的床墊跳破，把買來的體操彈簧床跳壞，不是練習得太勤，而是因為您穿釘鞋在上面跳？」

「是呀！」校長若無其事的回答。

「難怪您一直練不好跳跳超能力，因為您一下子就把練習的器材弄壞了，沒辦法繼續練習了嘛！」跳跳娃指出校長的問題所在。

大家覺得校長練習跳跳功，唯一練成的地方就是：他的思考和邏輯跳脫得超乎常人。

「你們看，校長穿釘鞋在上面踩出了小洞，所以充氣式遊樂場才會慢慢消風、漸漸漏氣。」屁屁超人指著塑膠布上一個個的小洞說。

學生證據明確，校長百口莫辯，只好自掏腰包，叫廠商來修好。

大家合力把校長的釘鞋沒收。

然而，過了一天，充氣式遊樂場又壞了。

晚上，小貓追老鼠，追到了遊樂場，小貓的爪子一抓，老鼠的牙齒一咬，充氣式遊樂場又緩緩的縮成了一堆塑膠布。

「我……我快破產了！」校長翻開空盪盪的皮夾，臉色發青，手裡發抖，再這樣賠下去，校長夫人可能會把校長趕出去，不准校長回家啦！

神祕班的小朋友覺得校長有點可憐，決心幫校長解決問題。平凡人科學小組捐出屁屁超人「香屁褲」的強力彈性布料，加上另一名組員（他家經營麻糬和年糕工廠）研發出的有機超強黏著劑，他們把香屁褲布料牢牢的貼在破洞及其他需要補強的地方，最後，他們請來吐大氣老師對著充氣孔輕輕一吹，充氣式遊樂場立刻從軟趴趴，變成胖嘟嘟了。

問題是，隔天，充氣式遊樂場的氣又消了。透過監視器發現，一直想要練習跳跳神功的校長，忍不住又跳進遊樂場玩了，連校長夫人也來了，她的高跟鞋尖尖的，一下子就刺破遊樂場的塑膠布。

雖然平凡人科學小組供應了很多香屁褲的布料，問題是這麼毫無限制的消耗下去，既浪費又不環保、很討厭又不有趣。

「我有個好辦法！」屁屁超人告訴大家，這件事包在他身上。

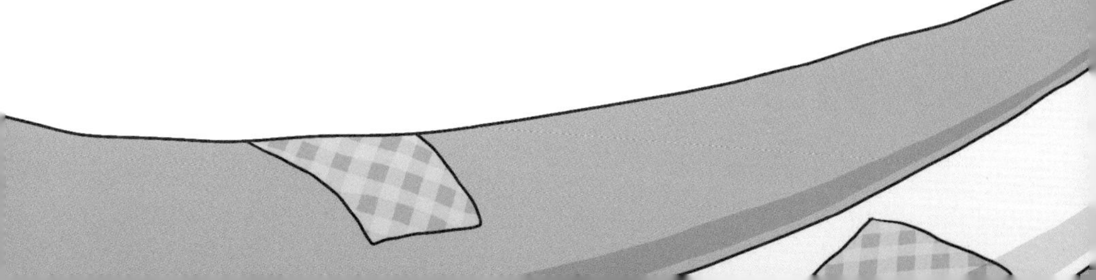

當晚，校長又偷偷潛入充氣式遊樂場。

而且，不只是校長，其他人也來了——充氣式遊樂場的廠商最近透過修理遊樂場賺了不少錢，因此，食髓知味，想趁著月黑風高，偷偷來刺破遊樂場。

　　黑心廠商剛刺下去，就聞到一陣濃厚的屁味和恐怖的氣息，瞬間昏倒翻白眼，休克吐白沫。

　　在充氣式遊樂場另一邊，校長罪有應得的受到廠商連累、慘遭池魚之殃，嗆暈在遊樂場上。

原來，白天屁屁超人自告奮勇使出拿手絕活「超人屁」，以「屁」代「氣」將充氣式遊樂場「噗！」的一聲，充得飽飽的、填得滿滿的、塞得鼓鼓的、灌得挺挺的……他把充氣式遊樂場變成了「充『屁』式遊樂場」。

隔天一早，神祕小學的師生不費吹灰之力——僅用超人之屁——就抓到了破壞遊樂場的凶手，老師、同學很生氣，校長、壞人真「漏氣」。

壞廠商在醫院的氧氣罩下醒來，馬上下跪，發誓這輩子不再幹壞事了。廠商老闆吐著舌頭說：「因為超人屁臭得讓人想改過自新！」

自從充氣式遊樂場不充氣、改充屁，變成「充屁式遊樂場」之後，就不再有人偷偷來搞破壞、戳破洞了（連小貓和老鼠都不敢來）。園遊會那天，「充屁式遊樂場」開放給學生和家長使用，所有使用遊樂場的人都小心翼翼、小生怕怕，沒有人敢身上戴著金屬飾品、穿著高跟鞋就衝進去，畢竟他們知道「充屁式遊樂場」若是漏「屁」，那可不是開玩笑，有可能會送醫院哪！

「預防重於治療！」屁屁超人對於「超人屁」能夠幫忙學校解決問題，教會大家愛惜公物，感到十分開心。

大家使用充屁式遊樂場愈來愈小心，原因是它填充的不只是超人屁，有時候，屁屁超人沒空，或剛好沒屁，直升機神犬也會用牠的「狗臭屁」來幫忙補充……所有人都知道：直升機神犬的「狗臭屁」比「超人屁」要臭上好幾百倍呀！

園遊會在大家小心使用充「屁」式遊樂場的心態下圓滿落幕了。

有了充屁式遊樂場的加持，加上學會愛惜學校公物，神祕校長的跳跳功果然更加精進。慢慢的，他高度愈跳愈高；漸漸的，他膽子愈來愈大。

跳高跳低的祕訣

校長想要試試自己跳跳功的威力，他跑回家去找校長夫人的麻煩。

夫人一氣之下，拿出雞毛撢子，找出料理食譜（那其實是武功祕笈），使出「竹筍炒肉絲」的絕招。

「危險！」校長見夫人來勢洶洶，急忙縱身一跳，腳雖然避開了雞毛撢子，頭卻撞上了水晶吊燈；校長愈跳，夫人愈氣，夫人除了拿雞毛撢子，還動用了算盤、洗衣板，以及腳底按摩用的鵝卵石墊——校長在上面跳了一兩下，就痛得哀哀叫、疼得呦呦叫、嚇得哇哇叫、哭得嗚嗚叫……

校長企圖「利用跳跳功避開夫人雞毛撣子」的計畫雖然落空，但他還是想要確認自己的超能力到底學得對不對、練得好不好，他到學校搶先跳跳娃一步，去幫學生撿樹上的羽毛球。因為校長是大

人，力氣比「跳跳娃」大，他往上一跳，跳上了樹頂、卡到了樹枝、抓斷了樹葉，最後，跌了下來，重摔落地……尾椎碰斷了，屁股瘀青了，校長痛暈了，被送進醫院。

在醫院裡，校長好不容易清醒，這時候前來探病的「跳跳娃」才恍然大悟，他對校長說：「我竟然忘了！我剛開始練習跳跳功的時候，因為常受傷，不敢跳太高；後來，我參加直排輪訓練，教練要我戴好護具，先學摔跤，以後才能放心加速前進。」

「練直排輪跟跳跳功有什麼關係？」校長摸著腫很大的屁股問。

「當然有！」跳跳娃正經八百的說：「自從我戴好

護具，學會了不受傷的跌倒姿勢之後，我練跳跳功就不怕摔跤，勇於愈跳愈高——因為我已經不怕失敗跌下來，所以最後才能成功跳上去。」

「我明白了，這是『失敗為成功之母』的意思——不怕挨打才能當拳擊手，不怕撞車才能當賽車手——把失敗當作成功的搖籃，不怕失敗，就能成功！」校長不愧是大人，他腦袋不亂跳之後，說的話比「屁的哲學家」更有哲理呢！

神祕校長這次學習超能力，出發點不是要欺負學生，而是想躲避校長夫人的雞毛撢子，所以大家都有點同情他——

「校長要怎麼練習『失敗』呢？」

「很簡單哪！」跳跳娃指著校長的臀部說：「你們看，校長現在屁股這麼腫、瘀青這麼黑，就知道校長應該要加強臀部方面的耐摔力！」

校長聽了跳跳娃的建議，心中馬上浮現了練習「失敗」、戰勝「失敗」的好方法——

校長出院後，回家要求夫人拿雞毛撢子天天打他屁股，他計畫透過夫人的雞毛撢子，打到屁股長出繭、打得臀部皮變厚，直到磨練出堅硬又堅強的鋼鐵屁屁！

校長克服了失敗、鍛鍊了屁股，準備再一次試跳，他請來了跳跳娃和屁屁超人作見證。

校長奮力

一跳，蹬上了

樹頂、彈到了

雲朵、踢中了

飛機——因為校長對自己的屁股有信心，他

不怕摔、不怕跌——最後竟然躍上了大氣層，差點撞上

人造衛星。

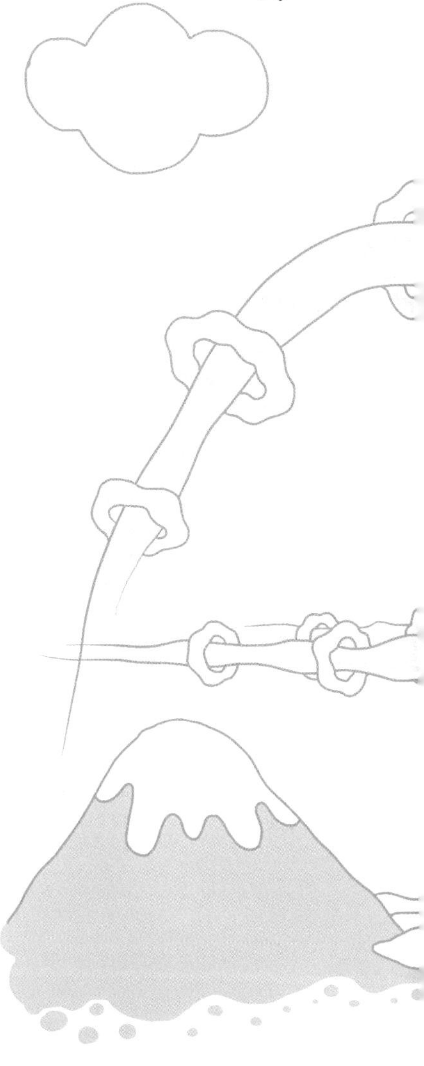

高空中空氣冰冷又稀薄，
校長幾乎要凍死，
差一點就窒息。

US

幸好屁屁超人發現跳上天的校長太久沒落地，感覺事情有異，他趕快半蹲，先憋氣再用力，「噗——」的一聲飛上去，救下昏死的神祕校長，

再一次成了校長的救命恩人。

落地的校長不但沒失望，反而很高興，他說：「再多練習一下，我就可以成為第一位登陸火星的地球人啦！」

校長跑回家，請夫人再多打他的屁股幾下。

神祕班的小朋友在下課時經常討論：「校長練跳跳功的目的是避開校長夫人的雞毛撢子，怎麼現在反而天天要求夫人打他屁股呀？大人的世界實在太難懂了！」

將錯就錯的老師

「錯字大師」顧名思義、人如其名，常常寫錯字，他如果不寫錯字，每次國語考卷應該都可以拿一百分。

「錯字大師」第一次練習寫字，就開始寫錯字。「錯字大師」的爸媽為了鼓勵他，不讓他對寫字失去信心，便用「善意的謊言」讓「錯字大師」覺得自己根本沒寫錯。例如，他把「一籃蘋果」，寫成一「藍」蘋果，爸媽擔心他喪失學習的動力、養成自卑的心理，便把家中桌上那一籃蘋果藏起來，只留下一個，並且將蘋果漆成藍色——這樣子「錯字大師」的錯字就沒錯啦！

還有一次，「錯字大師」把盪秋千寫成了「燙」秋千。爸媽怕「錯字大師」認為自己有錯，於是偷偷拿著吹風機，把小公園裡的秋千吹得又熱又燙，他們叫「錯字大師」去摸一摸、坐一坐——果然，世上真有「燙」秋千！

湯火

又有一次，「錯字大師」在作文時形容某天清晨鳥「雨」花香，害他爸媽一大早用彩色紙摺了很多隻紙鶴，

還爬到「錯字大師」房間的窗戶外頭灑下來，彷彿下了「鳥雨」一樣。

或許是「錯字大師」爸媽這種孝子——孝順孩子——的行為感動了上天，也或許是「錯字大師」心想事成的神祕好運作祟，後來，「錯字大師」寫錯字這件事變成了一種特異功能，不管「錯字大師」寫錯什麼，最後都會莫名其妙的成為真實事件！

本來，「錯字大師」就讀其他學校，有一次寫錯字被老師罰寫：「對於訂正錯字這件事，我會堅持到底！」結果「錯字大師」把「堅持到底」，寫成了「堅『池』

到底」，隔天學校的水池就被堅硬的石頭從池底填滿了，害老師被罵、校長賠錢。

因此，「錯字大師」就被轉學，來到了神祕小學。

「錯字大師」進到神祕小學的第一天，填好資料交給校長，卻把校長寫成了「笑」長，害校長整天笑個不停……

經驗豐富的神祕校長知道這個小朋友絕非凡人，於是將「錯字大師」編入神祕班。

第一天上課，「錯字大師」自我介紹，也介紹了他的綽號和最頭痛的事：常常寫錯字。

其他小朋友不信，要考考「錯字大師」，請他在黑板寫上其他同學的名號：結果「錯字大師」把屁屁超人寫成了屁屁「抄」人，害屁屁超人明明會寫的題目，也要跑去借別人的作業簿來抄；「錯字大師」把跳跳娃寫成跳跳「蛙」，害跳跳娃莫名其妙在座位上一直青蛙跳；連直升機神犬都受害，他把直升機神犬寫成直升「雞」神犬，害神犬那天的叫聲從汪汪汪，變成了咕咕咕……

這下子神祕班的同學才明白「錯字大師」的超能力有多恐怖。

吐大氣老師把「錯字大師寫錯字」一事寫在聯絡簿上和家長討論，隔天，聯絡簿上貼了一張打字列印出來的字條：「老溼，對布起，我會好好澆他。」

吐大氣老師看完這張紙條，全身好像突然被雷陣雨淋到，外衣內褲有布料的地方統統溼透；而來交聯絡簿的錯字大師也無奈的說：「我爸爸不知道為什麼拿澆花的水壺一直澆我……」

吐大氣老師明白了這家人的超能力具有遺傳的成分、基因的作用！

錯字大師還透露：「我爸爸打字都用注音輸入法，而且讓電腦自動選字，打完字後也不檢查，所以他的老闆常常罵他……」

校長聽說了錯字大師的超能力和電腦輸入法有關，他的心中再度燃起了模仿小朋友超能力的欲望，他回校長室偷偷把電腦打開，開始胡亂打字。校長除了使用注音輸入法自動選字，他還更上一層樓——拿起手機，用「語音輸入法」來練習打錯字。

練到後來，校長把正確的筆劃都忘光光，連說話的發音都亂糟糟……

放學前，校長想傳簡訊請夫人來接他，他用語音輸入法說：「要快來接我！」可是簡訊上卻顯示：「妖怪來接我！」

當然，校長被夫人海扁了一頓，海扁的過程中，夫人一直問校長：「你叫我什麼？」校長回答的雖然是：「愛妻、夫人！」可是手機上卻顯示：「愛欺負人！」

於是夫人加倍的欺負他……可憐的校長！雖然他全身又酸又痛，但心中竟然感到十分爽快——因為他的錯字超能力似乎成功了！

回家休養了一天，校長拿起手機，設定好語音輸入法，跑到神祕班要找錯字大師挑戰——看誰的錯字超能力強。

「過來！」校長一進教室就指著錯字大師喊。

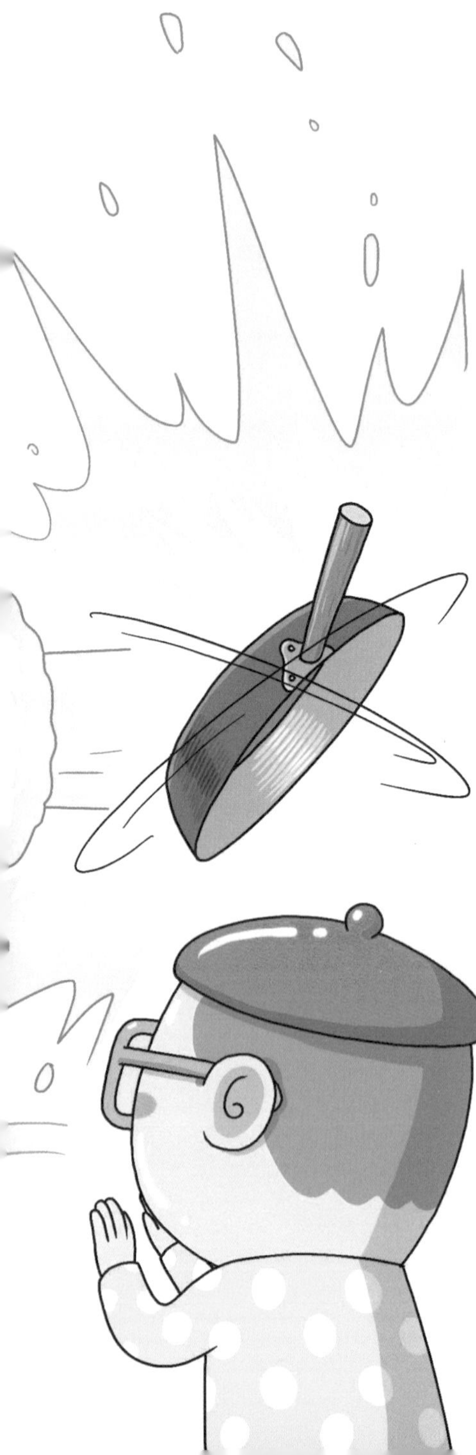

結果，校長手機上的語音輸入法顯示：

「鍋來！」

不知從何處出現的（應該是廚房的吧！）一只鍋子就迎面飛來，嚇得校長趴倒在地。

校長站起來後，拍了拍灰塵，再次對錯字大師喊：

「快過來！」

這次不但鍋子飛來了，連筷子都像飛刀一樣射過來！

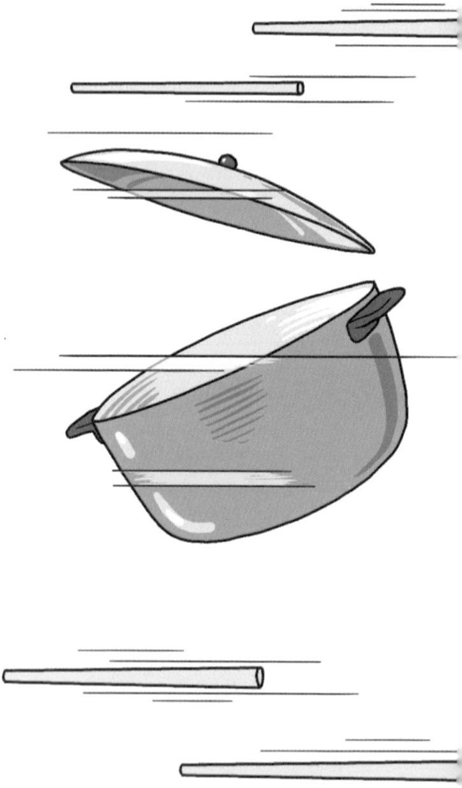

校長連滾帶爬、左閃右躲才逃過一劫。

「你……你……」校長不死心，再一次發功大喊：

「滾過（鍋）來！」

這一次飛過來的不是普通的鐵鍋，而是滾燙的熱鍋……

布 告 欄

幸好，升級成「屁的哲學家」的冷笑話專家丟出了一個冷笑話，原本他是想用冷笑話讓校長冷靜下來，想不到歪打正著——冷卻了熱鍋，拯救了校長。

冷笑話專家當時問大家：「為什麼無論自己或別人放屁，大家都會想憋氣、暫時停止呼吸？」

「為什麼？」大家知道冷笑話專家的笑話超級無敵冷，凡人絕對想不出答案，所以直接問謎底。

「因為……」冷笑話專家抬頭、挑眉，自豪的公布

答案：「上氣不接下氣呀！」

冷笑話專家話一說完，同學紛紛跌倒，貼在校長臉上的熱鍋也瞬間結冰降溫冷卻。

想偷學小朋友超能力的校長再一次踢到鐵板，喔！不！這一次是踢到鐵鍋，他狼狽得落荒而逃。

大家對於錯字大師逃過校長的魔掌，感到十分高興，同學們都決定了，要好好幫助錯字大師訂正錯字。

原本，神祕校長想要公報私仇，用錯字大師拖累全校國語成績當藉口，企圖逼錯字大師轉學。可是神祕小學全體老師一致連署反對，理由是：錯字大師都把老師的「師」字誤寫成「帥」字；如果錯「別」字就算了，但是錯了這個字，反而使得老師們愈來愈帥氣有型——老實說真不賴，這孩子不准走！

而且，自從錯字大師轉學來到神祕小學就讀之後，校長時時笑口常開——錯字大師天天在聯絡簿寫心得：

「我們『笑』長真的很奇怪，為什麼他每天都在笑呢？」

這樣一個能讓校長常笑、老師漸漸帥、學生人人愛的學生，讓他轉學，簡直錯失良機，實在大錯特錯！

連校長夫人都認為校長不能一錯再錯，她使出了分筋錯骨的手段，讓校長知錯能改，取消了逼錯字大師轉學的計畫！

~~作~~記者的話

文／林哲璋

由於錯字大師把「作者」寫成了「記者」，所以我就來為大家採訪這一集故事裡出現的主角們吧。

記者：首先，我們先訪問本集新出場的兩位主角……跳跳娃你好，請問你在練成「跳跳神功」之後，有什麼心得和感想？

跳跳娃：我剛開始跳的時候，因為怕摔，所以不敢跳太高；後來，我做好安全措施，就放心的跳，愈跳愈好，愈跳愈高——就像高空彈跳或跳傘一樣，如果裝備齊全、防護充分，很多人再高都敢跳！所以我得到一個結論：有充分的準備，才會有滿意的結果！

記者：是的，跳跳娃講的很有道理。接下來，請問錯字大師，你總是寫錯字，不會害爸媽丟臉嗎？不會經常挨罵嗎？

錯字大師：不會的！我爸媽告訴過我，歷史上有一則很有名的「寫錯字」傳說：有一個住在郢這個地方的楚國人寫信給擔任燕國宰相的朋友，因為寫的時候分心，錯加了「舉燭（舉起蠟燭）」二字。燕國宰相一看，以為好友勸他多多推舉、提拔光明磊落的好人，照著做之後，反而歪打正著，使得燕國繁榮進步、國力強盛。後來這個寫錯字的故事，流傳成了一句成語叫「郢書燕說」。

記者：唉呀！原來錯字大師的超能力

歷史這麼悠久哇！不過小朋友們還是不要寫錯字比較好喔。再來，想請教神祕校長，您這一集又偷雞不著蝕把米、偷學不成送了醫！心中是否很難過呢？

神祕校長：不會的！雖然我偷學超能力失敗，可是只要小朋友覺得我們神祕小學的故事有趣，我一定再接再厲、繼續努力偷學小朋友的超能力！就算會一直受到超人屁的打擊，很丟臉的送醫，我還是會堅持下去，永不止息……

記者：校長真是精神可嘉，超有毅力！現在，我來訪問我們的第一主角——屁屁超人！屁屁超人你在這一集，放屁更加收放自如、隨心所欲，請問你對自己在這一集的表現有什麼想法？

屁屁超人：首先，我很感謝新同學加入我們「用超能力助人」的行列，因為有了他們的加入，我輕鬆了不少，下課也有時間去上廁所了。這一集我很高興可以用超人屁來懲奸除惡，並達到「預防重於治療」的防治犯罪效果——保護了充氣式遊樂場，也節省了學校及校長的開銷。下一集，我和超能力同學會繼續鍛鍊校長，讓校長成為一個屢敗屢戰、愈挫愈勇的鋼鐵大人！

記者：看來以後的故事會愈來愈精采，大家要繼續支持屁屁超人哦！

閱讀123